LES

DERNIERS CHANTS

D'UN

PRINTEMPS,

POÉSIES

PAR

EMILE ARON (DE COMMERCY).

Prix : 50 Centimes,

PARIS.

H. DUMINERAY, LIBRAIRE, 52, RUE RICHELIEU.

1852.

LES

DERNIERS CHANTS

D'UN

PRINTEMPS.

LES

DERNIERS CHANTS

D'UN

PRINTEMPS

POÉSIES

PAR

 ÉMILE ARON (DE COMMERCY).

———————————

PARIS.

IMPRIMERIE DE E. BRIÈRE,

RUE SAINTE-ANNE, 55.

LES

DERNIERS CHANTS

D'UN

PRINTEMPS.

I.

Jours Passés.

Dieu fit l'eau pour couler, l'Aquilon pour courir,
Les soleils pour brûler, et l'homme pour souffrir!
(LAMARTINE.)

Ah! si de mon passé la coupe fut remplie
D'un mélange d'amour, de haine et de douleur;
Si, du vin de mes jours, je bus d'abord la lie,
Ce qu'il m'en reste à boire est pur et sans aigreur!

Si j'appris à souffrir dès ma plus tendre enfance;
Si je faillis mourir quand j'étais au berceau;
Si j'osai, chaque jour, manquer d'obéissance
A la douce brebis dont je naquis l'agneau;

Si j'accusai souvent le Créateur suprême
De donner à mon sang l'amertume du fiel;
Si, sans crainte, ma voix prononça le blasphème
Que prononce, ici-bas, l'homme indigne du ciel :

Hélas! c'est que jadis en venant sur la terre,
Pauvre âme, il me fallut passer par les enfers,
Et quelque noir démon, de sa hideuse serre,
En voulant me saisir, me toucha dans les airs.

Horreur ! un feu malin pénétra dans mon être.
Je haïssais le vice et j'étais vicieux :
Satan m'avait touché, Satan resta mon maître
Jusqu'au jour où la foi vint dessiller mes yeux !

Vingt ans je méconnus la puissance éternelle
Qui créa le Présent, le Passé, l'Avenir;
Qui mesura les jours à la race mortelle;
Qui m'anima jadis pour vivre et pour mourir.

Enfin, je me jetai dans les bras de l'Etude :
Je devins son fidèle et son servile amant,
Et plongé dans le calme et dans la solitude,
Près d'elle, nuit et jour, je vécus noblement.

C'est elle qui daigna me raconter la vie
Des hommes immortels dont elle fut l'amour;

Elle aussi qui m'apprit à mépriser l'Envie
Que, contre moi, la brute excitait chaque jour.

C'est elle dont la main me montra dans l'espace
Les mondes inconnus au vulgaire mortel ;
Elle qui m'enseigna, lorsque le jour s'efface,
Pourquoi la pâle étoile illumine le ciel.

C'est elle qui tourna vers l'austère justice
Mon esprit jusqu'alors par l'erreur abattu ;
Elle qui me permit de distinguer le vice
De la sainte raison, mère de la vertu.

C'est elle..... ô souvenirs de mes jours de souffrance
Fuyez bien loin de moi, vous me faites souffrir !
Mais souffrir... qu'est-ce donc ? sinon la récompense
De l'âme qui s'envole au sein du repentir !...

II.

Les Ennemis du Poète.

Va, tu mourras sans gloire et ton nom périra.
Jamais tu ne connus les roses du Permesse,
Les neuf sœurs, leurs concerts et leur divine ivresse.
Aussi lorsqu'aux enfers ta vaine ombre fuira,
Tout de toi passera.

(Poésies de SAPHO.)

Critiquez, critiquez les travaux du poète
O mortels couronnés d'orgueil !
Trouvez ses vers mauvais, sa pensée incomplète :
Qu'importe ! de lauriers vos fils ceindront sa tête
Quand vous serez dans le cercueil !

Voyez dans le passé : le Dante vient de naître,
Le Tasse est sorti du néant,
Sur la terre d'exil Rousseau vient d'apparaître,
Malfilâtre et Gilbert du ciel ont reçu l'être,
Chénier le martyr est vivant !

Ils sont là ! de leurs noms toute la terre est pleine,
    Leurs chants font bondir tous les cœurs !
A leur char triomphal chacun,... chacun s'enchaîne,
Et dit en s'enchaînant : Gloire à la race humaine !
    Du temps ses bardes sont vainqueurs !

Mais quel son tout à coup vient de franchir la nue ?
    Quel murmure a frappé les airs ?
De lâches envieux c'est la voix éperdue
Qui vomit sur la lyre et sur la foule émue
    Ses longs flots de poisons amers !

« Quoi, l'œuvre d'un mortel a sur vous plus d'empire
    » Que les œuvres du Créateur ?
» Quoi, vous abandonnez pour les chants de la lyre
» Le culte de celui par qui chacun respire :
    » Le juste ainsi que le pécheur !

» O mortels ! pouvons-nous voir votre âme saisie
    » D'un si respectueux amour
» Pour tous ces insensés, faiseurs de poésie,
» Sans montrer à vos yeux la sombre hypocrisie
    » Qui, dans leur esprit, fait séjour?

» Non ! non ! vous connaîtrez ces fils de l'imposture,
    » Ces chantres zélés des faux dieux ;

» Ces atômes sans foi dont l'existence impure
» Se passe à composer au sein de la luxure
    » Mille vers moraux et pieux ! »

Mais la foule en tous lieux leur impose silence :
    « Arrêtez ! leur dit l'univers,
» Vous n'avez pas le droit, héros de l'impuissance,
» De douter devant nous de la valeur immense
    » De ceux dont nous chantons les vers !

» Laissez, laissez en paix les travaux du poète
    » O mortels couronnés d'orgueil !
» Laissez ses vers mauvais, sa pensée incomplète :
» Qu'importe ? de lauriers vos fils ceindront sa tête
    » Quand vous serez dans le cercueil ! »

III.

A une jeune Fille sur son Album.

Puissiez-vous rencontrer, belle et jolie Omphale,
Un doux admirateur de vos dix-huit printemps,
Dont la force d'esprit soit, pour le moins, égale
      A la force des sens
Du dieu vainqueur de Lerne et du lac de Stymphale!

IV.

Le Doute.

Quand j'étais jeune encor, les yeux noyés de pleurs,
Souvent vers le passé je dirigeais ma vue ;
De mes vingt premiers ans je passais la revue
    Pour compter mes douleurs !

Hélas ! dans chaque mot que disait ma mémoire
A mon esprit lassé de souffrir si longtemps,
Je tombais à genoux pour pleurer mon printemps
    Inutile et sans gloire !

Puis, comme un insensé, je regardais le ciel ;
J'y cherchais la raison des chagrins de ma vie ;
J'y voulais voir si l'âme est encore asservie
    Dans l'asile éternel.

Mais rien de mes désirs n'éclairait la nuit sombre :
Les jours, les mois, les ans passaient... passaient toujours,
Et mon cœur malheureux, sans haine et sans amours,
    Restait plongé dans l'ombre !

Enfin je me suis dit : pourquoi me tourmenter ?
Je suis trop faible, hélas ! pour pouvoir me connaître ;
Esclave, je ne puis qu'obéir à mon maître :
      Je dois vivre et douter !

Vivre et douter de tout... excepté des merveilles
Qu'un Dieu puissant et bon daigne offrir à mes yeux,
Et du luth dont le son pur et mélodieux
      Vient frapper mes oreilles !

V.

A ma Cousine.

I.

Savez-vous, cousine,
Pourquoi le soleil
Le soir illumine
La côte voisine
De son feu vermeil?

Pourquoi cette rose,
Reine du zéphyr,
Lorsqu'elle est éclose,
Déjà se dispose
A se défleurir?

Pourquoi, de son aile,
Ce papillon blanc,
Né d'un jour, chancelle,
Car la mort cruelle
Lui glace le sang?

Pourquoi, dans notre âme,
Lorsque naît l'amour,
Sa divine flamme,
Chez l'homme ou la femme,
Ne dure qu'un jour?

Pourquoi notre vie,
Comme le printemps,
D'hiver est suivie,
Puis nous est ravie
Par la mort des sens?

Savez-vous pourquoi la nature
Dévore ses faibles enfans;
Pourquoi la vertu la plus pure,
Ainsi que chaque fleur des champs,
S'éclipse au jour qui la vit naître,
Et même avant de se connaître,
Déjà s'apprête à disparaître
Du sol mobile des vivans?

Oh non! vous ignorez, sans doute,
Cet impénétrable secret
Par lequel chaque jour ajoute
Dans notre âme un nouveau regret;

Vous ignorez pourquoi la terre
Laisse mourir dans la misère
Les atômes dont elle est mère
Et qu'elle abreuva de son lait !

Hélas ! vous voyez dans leur course
Les maux inonder les humains,
Sans chercher à trouver leur source,
Au fond des antres souterrains ;
Vous voyez la pauvre Innocence,
Souffrir les coups de la Licence,
Sans implorer la Providence
Qui rend heureux tant d'assassins !

Et cependant vous êtes bonne,
(Si l'on peut l'être sous les cieux !)
Vous aimez à faire l'aumône
A tous les êtres malheureux !
Mais qu'ai-je dit? triste poète !
Ta muse, hélas ! trop indiscrète,
Soudain fait rougir jusqu'au faîte
Un visage bien gracieux !..

II.

Ah ! si, loin des salons que l'Impureté hante,
   Vous pensiez au trépas ;
Si, près de l'orphelin que le besoin tourmente,
Ou du pauvre vieillard que la mort épouvante
   Vous reteniez vos pas ;

Près de la veuve en pleurs qui réclame à la terre
   Un époux adoré ;
Près de la femme en deuil dont la douleur amère
Vous dit : j'avais un fils ! plaignez, plaignez sa mère
   Dont il est séparé !..

Si vous veniez semer quelques mots d'espérance,
   De votre douce voix ;
Si votre blanche main, symbole d'innocence,
Se plaisait à noyer leur cruelle souffrance
   Dans les divines lois !

Ah cousine ! ah ! combien votre âme noble et pure
Pourrait lire à loisir dans toute la nature !
Combien, combien de fois, ivre de son bonheur,
Elle louerait alors son puissant créateur !

VI.

Souhait

A UNE JEUNE FILLE.

1er Janvier 1852.

Que le bonheur chez vous, enfant laborieuse,
Conduise la fortune et l'enchaîne à vos pieds,
Et que, de chaque jour, la vie aventureuse
Vous soit un saint recueil d'instans appréciés.

Que ce ciel calme et pur soit la vivante image
Et de tous vos pensers, et de tous vos désirs ;
Et que cinquante-deux soit pour vous le présage
D'une ère d'innocens plaisirs !

VII.

Triste Pensée.

Vers le premier soleil de ma seizième année,
Au sortir de l'hiver, à l'aurore des fleurs,
Ma tête par la mort d'épines couronnée
   Et d'horreur sillonnée,
Du cœur le moins sensible eut arraché des pleurs !

Trop malheureux enfant ! j'avais perdu la femme
Qui de ma mère était et la cause et l'amour ;
J'avais perdu le sein où jadis ma jeune âme
Venait se reposer matin, soir, nuit et jour !

Hélas ! j'avais perdu la mère de ma mère,
L'esprit de mon esprit, le miroir de mes yeux ;

J'avais perdu les bras qui me berçaient naguère,

Et la voix douce et chère

Qui m'aidait à prier le créateur des cieux !

Aujourd'hui bien des ans, bien des jours, bien des heures,

Ont éloigné de moi ce sombre souvenir ;

Mais je pleure en voyant les âmes les meilleures

S'envoler vers le ciel pour n'en plus revenir !

VIII.

Mon Dieu, c'est Jéhova !

A M. LE COMTE DE M***.

Merci, merci, Monsieur, pour vos belles paroles ;
Tous vos pensers m'ont peint un cœur pur et loyal :
J'aime entendre flétrir le culte des idoles,
Car le Dieu que je sers n'a pas de piédestal !

Mon Dieu n'est pas celui qui dit à la fortune
De repousser du pied la pâle pauvreté ;
De prendre pour soutien l'arrogance importune,
Et pour sœur l'avarice, au visage éhonté.

Mon Dieu n'est pas celui qui dit à l'indigence
De se prostituer aux viles passions ;
De ne boire jamais que haine et que vengeance
En s'attelant au char des révolutions.

Enfin, mon Dieu n'est pas celui de l'égoïsme,
Celui de l'homme impur qui dit : chacun pour soi !
Celui du noir mensonge et du sot paganisme,
Celui du peuple impie et de l'injuste roi !

Mon Dieu, c'est le Seigneur, le Créateur du monde ;
C'est celui qui pétrit le soleil de ses mains ;
C'est celui qui rendit la nature féconde ;
C'est celui qui donna l'existence aux humains !

C'est celui dont la voix nous dit au fond de l'âme
Si nous avons agi pour ou contre l'honneur :
Les remords sont l'effet d'une action infâme,
Toute bonne action enfante un doux bonheur.

Mon Dieu c'est Jéhova ! c'est celui dont la terre
Chante, exalte et bénit la suprême bonté ;
C'est celui qui sema la graine salutaire
Dont les fleurs sont la Foi, l'Espoir, la Charité !

Enfin mon Dieu c'est tout ! c'est l'Incommensurable !
C'est le Maître éternel qui fait vivre et mourir !
C'est l'ennemi du mal, c'est l'ami véritable
De l'homme dont l'esprit se plaît à le chérir !

Merci, merci, Monsieur, pour vos belles paroles;
Tous vos pensers m'ont peint un cœur pur et loyal.
J'aime entendre flétrir le culte des idoles,
Car le Dieu que je sers n'a pas de piédestal!

IX.

Réflexion d'une jeune Fille.

En s'unissant à la matière,
Son âme avait dit à son cœur :
« Je veux te vaincre, Dieu vainqueur
» De l'humanité tout entière.

» Je veux que l'on dise de moi,
» Lorsque je franchirai l'espace
» Pour aller reprendre ma place
» Aux pieds de l'Eternel, mon roi : »

« Elle a compris de la terrestre vie
    » La trop fragile vanité ;
» Enfant du ciel, par le ciel asservie,
    » Elle a gardé sa pureté.

» Charmante, aimable et blanche tourterelle,
    » Douce amante de l'avenir,
» Jamais Satan, de sa serre cruelle,
    » Ne réussit à la saisir.

» Elle a vécu ! nous qui vivons encore
    » En ce monde matériel,
» Imitons-la ; car la terre est l'aurore,
    » D'un ciel où l'homme est immortel ! »

X.

J'ai vingt-deux ans !

Amis, je vais changer les cordes de ma lyre ;
Ces vers sont les derniers du jeune homme en délire,
    Avec eux finit mon printemps !
Maintenant j'ai besoin de chanter autre chose :
Il me faut de l'effet remonter à la cause
    Car aujourd'hui j'ai vingt-deux ans !

J'ai besoin de chanter le bien que sur la terre
Rarement les mortels ont fait ou voulu faire
    A leurs frères vieux ou souffrans !
Il me faut maintenant renverser l'avarice,
Pulvériser l'envie, écraser l'injustice,
    Car aujourd'hui j'ai vingt-deux ans !

Aujourd'hui, je comprends qu'en ces jours de tempête,
S'il est un grand destin, c'est celui du poète
    Aux vers courageux et brûlans :
Aussi je vais changer les cordes de ma lyre
Pour rendre ses accords égaux à mon délire
    Et dignes de mes vingt-deux ans !

TABLE DES MATIÈRES.

—

EN VENTE :

Poésies philosophiques, morales et religieuses,
par Emile Aron (de Commercy). — 1 volume in-8°.

Prix.   2 fr. 50 c.

La Mort d'Emélie de Metz, poésie, par Emile
Aron (de Commercy) . . . . Prix.   »   50

Les Tourangelles, poésies, par Emile Aron (de
Commercy). . . . . Prix.   »   50

Paris. — Typ. E. Brière, rue Ste-Anne, 55.